LA NAISSANCE

DU ROI DE ROME.

LA NAISSANCE

DU

ROI DE ROME.

LE NORMANT, IMPRIMEUR-LIBRAIRE,

RUE DE SEINE, N°. 8, PRÈS LE PONT DES ARTS.

1811.

LA NAISSANCE

DU ROI DE ROME.

Auguste Rejeton d'un hymen glorieux!
Toi qui descends pour nous de la voûte des cieux;
Qui viens, environné de gloire et de puissance,
Cimenter pour jamais le bonheur de la France,
Espoir cher et sacré du repos des humains!
Salut, fils d'un Héros! Salut, Roi des Romains!
Tes peuples t'attendoient, et leur impatience
Chaque jour devançoit le jour de ta naissance.
Les Français, les Romains t'appeloient de leurs vœux,
Ils demandoient celui qui doit les rendre heureux;
Ils brûloient de te voir dans ton riche héritage;
Et même avant le jour tu reçus leur hommage.
Tu viens par ta présence embellir ce séjour;
Nous t'offrons nos respects, nous t'offrons notre amour:
Tous les cœurs sont remplis d'une vive allégresse,
Rome se réjouit d'être sœur de Lutèce :
Albion est jalouse; et, dans son désespoir,
Elle veut... mais en vain, diviser leur pouvoir.
Rien ne peut désormais rompre leur alliance :
L'héritier des Césars en aura la vaillance;
Plus de vaine terreur, plus de frivole espoir;
Cet illustre Héritier au trône va s'asseoir.

De cet astre divin, dont la douce lumière
Nous annonce en naissant sa brillante carrière,
Comment suivre le char dont le rapide cours
Franchit en un instant l'immensité des jours ?
A peine il est au monde, et déjà son sourire
A décidé du sort du plus puissant Empire ;
De deux peuples vainqueurs il règle les destins :
Avant de se connoître, il commande aux Romains.

Revêtu de la pourpre et du pouvoir suprême,
Déjà son jeune front porte le diadême,
Le pare de l'éclat de son cœur innocent,
De cet éclat plus pur qu'il rendra plus brillant.

Le bonheur qu'il répand en rapproche l'espace :
Le Tibre est à ses pieds, la Seine les embrasse ;
L'encens sur son berceau fume de toute part,
Les peuples et les rois ont salué César !

Tant de lustre en naissant, tant d'honneur en partage,
De sa grandeur future est un heureux présage.

Avec l'appui d'un Père et la faveur des Dieux,
Le Prince remplira ses destins glorieux.

Attendez seulement, attendez qu'avec l'âge,
La raison ait mûri ce superbe courage,
Vous le verrez alors, maître de ses Etats,
Ferme dans les conseils, et grand dans les combats,
Compter par de hauts faits le nombre des années,
Et même, avant le temps, remplir ses destinées.

Il est d'un sang fameux et né pour les grandeurs
Qui se fraie, en courant, le chemin des honneurs :

La gloire de son Père a passé l'espérance,
La sienne, quelque jour, passera sa puissance.
 Ses peuples affligés dans lui ne verront pas
Le monarque indolent, fléau de ses Etats.
 Loin de lui les dangers qu'enfante la mollesse :
Trop de rois ont été malheureux par foiblesse !
On ne le verra pas, esclave de l'amour,
Se plaire dans sa chaîne, au milieu de sa cour,
Consumer en soupirs les instans de sa vie,
Sans songer aux devoirs qu'impose la patrie.
 Ennemi de la honte et d'un lâche repos,
César fait ses plaisirs de ses nobles travaux.
 Vous l'avez vu monter du berceau de l'enfance
Sur un trône éclatant fondé par la vaillance :
Vous l'y verrez un jour, brillant de sa splendeur,
En devenir la gloire, en devenir l'honneur.
Aux mortels couronnés il va donner l'exemple.
L'univers étonné l'admire, le contemple :
L'amour de ses sujets, il en devient l'appui ;
Et son Père est le seul qui soit digne de lui.
 C'est son heureux génie, et son heureuse audace :
A pas précipités il marche sur sa trace.
Rien ne peut l'arrêter dans son vol glorieux :
Ses aigles vont planer jusqu'au sommet des cieux.
C'est ce bras qui pour nous enfante des merveilles ;
Le bruit de ses exploits frappera vos oreilles.
Vos dieux et vos héros, ou vrais, ou fabuleux,
N'ont rien fait de plus grand, et rien de plus heureux :

L'honneur est sa passion, la gloire est son idole;
Il s'élance, il s'élève au sacré Capitole;
Il y monte accomplir les décrets éternels;
Et sa place est marquée au rang des Immortels.
   Rome! il vient te venger d'un destin trop injuste:
Tes arts vont refleurir sous l'empire d'Auguste;
Il vient te relever d'un long abaissement.
Il n'étoit dû qu'à lui cet honneur éclatant :
Il n'étoit réservé qu'au Fils du plus grand homme
De relever l'éclat et la gloire de Rome !
   Et toi qui l'as porté dans ton auguste flanc,
Vois revivre en ce Fils les héros de ton sang,
Cette noble candeur des Princes de Lorraine,
Et la mâle fierté de la grandeur romaine;
Ses jours vont ajouter à l'éclat de tes jours :
Veuille le juste ciel en prolonger le cours !
Par lui ton existence à nos yeux embellie,
A nos cœurs est plus chère : elle s'est agrandie!…
Tu le verras ce Fils, digne de ses aïeux,
Mériter les honneurs qu'il partage avec eux.
Ce fruit tant desiré de ta couche féconde
Va faire ton bonheur et le bonheur du monde.
Les Dieux te l'ont donné pour les plus grands desseins:
Tes mains achèveront l'ouvrage de leurs mains;
Tu formeras son cœur à la grandeur du trône,
A ces rares vertus dont l'éclat t'environne;
Et nos enfans heureux par tes divins secours
Te devront, comme nous, le repos de leurs jours.

Les siens, n'en doutons pas, seront des jours de gloire;
Le monde, par avance, en croit lire l'histoire;
Moi-même, impatient, j'en trace le tableau,
Jaloux d'anticiper sur un sujet si beau!
    Formé par les leçons et l'exemple d'un Père
Au grand art de régner, au grand art de la guerre;
Le Fils nous apprendra par quel art tout-puissant
Un Prince qui naît Roi sait se rendre plus grand.
Et le trône et la gloire ont été son partage:
Il saura conserver ce brillant héritage.
Ses ennemis, un jour, connoîtront son pouvoir;
Ce n'est pas sans raison qu'il fait leur désespoir:
Ils redoutent en lui cette ame peu commune
Qui commande au hasard et dompte la fortune;
Ils redoutent ce bras plus fort que leurs remparts;
Leur crainte est légitime: il est fils des Césars!
    Plutôt que d'avilir le sceptre et la couronne,
La splendeur de son nom, la majesté du trône;
Plutôt que de souffrir ses peuples dans les fers,
Vous verriez à ses pieds tomber tout l'univers.
    Dès le premier signal, on le voit qui s'apprête
A cueillir les lauriers qui vont ceindre sa tête.
    Faut-il aller combattre un injuste aggresseur?
Le Prince part, court, vole; et le Prince est vainqueur.
Sous ses heureux drapeaux, la victoire est fidelle,
Et ce n'est pas en vain que la gloire l'appelle.
    Malheur à l'imprudent qui l'aura provoqué
Il se repentira de sa témérité!

Point de crainte pour nous, et pour lui point d'obstacles :
Ses plus foibles succès sont autant de miracles ;
Son bras en est plus fort, certain de nous venger ;
Son ame en est plus grande en un plus grand danger :
Et dans le beau courroux dont elle est enflammée,
Au milieu des combats, il vaut seul une armée :
Son œil, de tous côtés, échauffe ses soldats,
Les anime à l'honneur, les enflamme aux combats.
Les plus audacieux ont mordu la poussière :
Ses coups sont aussi prompts que les coups du tonnerre.
   Mais, après la victoire, il n'a plus de courroux.
Il est un autre honneur dont son cœur est jaloux :
Alors à la pitié son ame s'abandonne ;
Et s'il faut des secours, c'est sa main qui les donne.
   Ennemi généreux, il pleure les vaincus,
La valeur malheureuse et l'ami qui n'est plus.
L'honneur sous ses drapeaux obtient la récompense ;
C'est de son noble cœur la seule jouissance.
   Rome le voit venir sur le char des vainqueurs,
Environné de gloire, environné d'honneurs.
C'est Titus, c'est Trajan... ou plutôt c'est son Père.
Son air est imposant, sa démarche est guerrière ;
Le sceptre dans ses mains brille d'un pur éclat :
César vient de défendre et de sauver l'Etat.
L'excès de notre joie a fait couler nos larmes ;
Et quand nous bénissons le succès de ses armes,
Lui seul, humble en sa gloire et brillant de splendeur,
Ne croit pas mériter cet éclatant honneur.

« Attendez, nous dit-il, avant me rendre hommage
» Que le ciel m'ait permis d'achever mon ouvrage ;
» Implorez-le avec moi : s'il seconde nos vœux,
» Votre sort et le mien seront les plus heureux ! »
Ainsi parle un Héros notre dieu tutélaire ;
Il croit n'avoir rien fait tant qu'il lui reste à faire ;
Et ne comptant jamais les services rendus,
Il pleurera les jours qu'il croit avoir perdus.
C'est peu de cet éclat qu'il tient de sa vaillance,
César, par ses vertus, assure sa puissance ;
Notre prospérité seule occupe son cœur ;
Et s'il veut être grand, c'est pour notre bonheur.
A nos seuls intérêts il s'immole lui-même :
Jugez s'il méritoit l'honneur du diadême !
Ennemi du mensonge, il veut la vérité,
Et que la loi fléchisse à la seule équité.
Il permet qu'on l'éclaire et non pas qu'on l'abuse :
L'erreur a son pardon, le crime est sans excuse.
Eloignez-vous de lui, lâches adulateurs,
Allez porter ailleurs le poison de vos cœurs ;
Vous ne corromprez pas celui de votre maître,
Tout flatteur, à ses yeux, est un lâche, est un traître.
Allez porter ailleurs vos vœux intéressés,
Votre hommage honteux, et vos respects forcés :
Ce cœur, dont la bonté commande la tendresse,
Rougiroit d'un encens souillé par la bassesse.
Rien n'est grand à ses yeux que la gloire et l'honneur ;
Le talent, sans vertu, n'aura pas sa faveur.

Ah, qu'on ne vienne pas, sans le droit d'y prétendre,
Par d'indignes détours chercher à la surprendre !
La médiocrité veut en vain l'usurper.
Le mérite à sa cour s'élève sans ramper :
A le récompenser sa main est toujours prête ;
Elle va le chercher dans son humble retraite :
La modestie en vain le dérobe à ses yeux,
Le mérite caché n'en éclate que mieux.

En vain l'orgueil jaloux de son éclat s'offense,
Et voudroit lui ravir sa juste récompense ;
L'intrigue est sans succès, la brigue est sans pouvoir :
Qui veut plaire à César doit faire son devoir.

Entourons de nos cœurs ce Prince magnanime,
Que l'honneur seul inspire et que la gloire anime ;
Il ne veut qu'être aimé pour prix de ses exploits :
Ne soyons point ingrats pour le meilleur des Rois.

Mais de tant de vertus dont ce Prince s'honore,
La justice à son cœur est la plus chère encore :
C'est par elle qu'il veut régner sur ses sujets,
Ses jours seront marqués par d'éclatans bienfaits.
Ce cœur compatissant, cette ame généreuse,
Se plaît à secourir la vertu malheureuse.

Venez vous plaindre à lui, vous tous infortunés,
Par un barbare arrêt à souffrir condamnés ;
D'une injuste rigueur, innocentes victimes,
Venez, il entendra vos plaintes légitimes ;
Son ame est toute prête à soulager vos maux,
Trop heureux si sa main vous arrache aux tombeaux.

Une juste pitié n'a rien de condamnable.
Quelquefois, sa bonté fera grâce au coupable;
Vous pourrez l'implorer à ses sacrés genoux :
S'il peut vous l'accorder, son sort sera trop doux ;
S'il faut qu'il la refuse, il gémit, il soupire.
A l'ombre de ses lois il veut que tout respire.
O mon Prince, ô mon Roi, par tes soins généreux
Tu deviens le plus grand, tes peuples sont heureux!
Et moi qui célébrai ton heureuse naissance,
De l'éclat de ton nom, je fais ma jouissance.
Heureux! si quelque jour, d'une plus digne voix
Je pouvois célébrer tes immortels exploits!
D'autres les chanteront; ils diront tes miracles,
Ils diront, par quel art surmontant les obstacles,
Tu soumis Albion, rebelle à tous les vœux,
Et sus lui partager tes desseins généreux.
Un jour, il faudra bien qu'Albion les partage:
Rome n'a point appris à souffrir l'esclavage;
Elle a des droits sacrés à l'empire des mers;
Elle peut être encor Reine de l'univers!
Que ne peut-elle pas sous le règne d'Auguste!
Sa force est plus puissante, et sa cause est plus juste.
Rome va conquérir la splendeur de son rang,
Les beaux jours de Titus, les beaux jours de Trajan;
Elle va demander son antique héritage :
Rome connoît encor le chemin de Carthage.
Tremblez, fiers ennemis ! les aigles des Césars
Abaisseront un jour l'orgueil des léopards :

Leur joug a trop pesé sur la terre et sur l'onde
Pour la honte des rois et le malheur du monde.
Rome, pour s'affranchir de ce joug trop honteux,
N'attendoit qu'un seul bras, et Rome en aura deux!
Ce que l'un n'aura fait, l'autre pourra le faire :
Peut-être que le Fils surpassera le Père.
Ne craignez pas pour lui le sort capricieux :
Les Dieux protégeront un Prince vertueux,
Les Dieux à l'équité ne seront pas contraires :
Pourroient-ils se lasser de nous être prospères ?
Du bonheur des mortels eux-mêmes sont jaloux,
Et déjà leurs faveurs sont au comble pour nous :
Intéressons leur cœur à leur plus digne ouvrage ;
Au pied de leurs autels allons leur rendre hommage.

Nous le tenons de vous!.. Veillez sur lui, grands Dieux!
Conservez à jamais cet Enfant précieux !
Qu'il vive pour remplir les grands desseins d'un Père!
Ce doux présent du ciel est l'espoir de la terre.

BACHELARD,
Ex-Jurisconsulte à Arras.